ALISIO
L'éditeur des voix qui inspirent

Suivez notre actualité sur **www.alisio.fr**
et sur les réseaux sociaux LinkedIn,
Instagram, Facebook et Twitter !

Alisio s'engage pour une fabrication éco-responsable !
Notre mission : vous inspirer. Et comment le faire sans participer à la construction du meilleur des futurs possible ? C'est pourquoi nos ouvrages sont imprimés sur du papier issu de forêts gérées durablement.

Suivi éditorial : François Capelani
Maquette : Jennifer Simboiselle
Design de couverture : François Lamidon

une marque des éditions Leduc
10, place des Cinq-Martyrs-du-Lycée-Buffon
75015 Paris – France
ISBN : 978-2-37935-245-4

Joséphine Bouchez • Matthieu Dardaillon

Le manifeste de TICKET FOR CHANGE

TU FAIS QUOI DANS LA VIE ?

Votre travail peut faire la différence pour la société et la planète

ALISIO

SOMMAIRE

INTRODUCTION

« Je suis obsédé par l'idée d'être le plus utile possible. J'ai toujours vu mon travail comme le lieu par excellence pour m'engager et maximiser mon impact positif. »

Voilà pourquoi, moi, Matthieu, je suis engagé dans une carrière à impact. Je souhaite contribuer à faire avancer les choses dans le bon sens, à faire une différence dans le monde. Je veux mettre mes idéaux au cœur de mon quotidien, tout en prenant du plaisir.

« Je veux rendre à d'autres ce que la vie m'a donné. Je me sens responsable de faire ma part pour construire un monde meilleur. »

Pour moi, Joséphine, originaire d'une petite ville du Nord de la France et ayant grandi au contact de divers milieux socioculturels, j'ai très vite pris conscience de la chance que j'ai eue. Je veux que mon travail contribue à construire une société plus juste et plus respectueuse des êtres humains et de l'environnement.

Il y a maintenant sept ans, nous avons co-fondé Ticket for Change avec Adèle, Boris, Jonas, Madeleine, Arnaud, et beaucoup d'autres. Nous sortions à peine de nos études, un précieux sésame en main. Nous avions plein de possibilités, mais lancer Ticket for Change sonnait comme une évidence, malgré le risque que cela représentait. Nous voulions plus que tout faire notre part.

Nos convictions de départ ? Nous sommes confrontés à des défis de société sans précédent : inégalités, chômage, pauvreté, dérèglement climatique, perte de la biodiversité, mal logement… Et, dans le même temps, nous observons une immense envie d'agir. Selon une étude, 94 % des Français ont envie de contribuer à résoudre des problèmes de société, mais seulement 20 % le font, et seulement 6 % par leur travail[1]. Le problème se situe donc au niveau du passage à l'action. C'est contre ce gâchis de talents que nous luttons depuis sept ans. Nous voyons le travail comme un immense levier pour contribuer à résoudre les grands défis d'aujourd'hui.

Avec Ticket for Change, nous avons construit différents programmes pour sensibiliser, donner envie, orienter et accompagner des entrepreneurs, dirigeants, salariés, personnes en reconversion qui veulent avoir un impact positif sur la société par leur travail. Depuis 2014, ce sont plus de 120 000 personnes qui ont participé à nos actions[2]. Selon notre dernière étude, après avoir suivi un programme Ticket for Change, deux personnes sur cinq vivent d'un métier qui accélère la transition écologique et sociale[3].

Au cours de ces sept années, et en particulier depuis le début de la crise de la Covid-19, nous avons été témoins d'une accélération sans précédent des questionnements sur le sens au travail. Les mouvements à l'initiative de la jeunesse se multiplient pour inventer un nouveau modèle de société. Des milliers d'étudiants des grandes écoles et universités refusent de travailler pour les firmes les plus polluantes. Un nouveau cadre juridique permet aux entreprises de se doter d'une mission sociale ou environnementale. On ne compte plus les salariés de grands groupes qui se tournent vers l'économie à impact. De plus en plus de personnalités prennent position pour agir sur les grands enjeux de société…

Ces accélérations sont des signes très positifs qu'une prise de conscience est là. Malgré tout, il ne faut pas se mentir : le rythme du passage à l'action n'est pas à la hauteur de l'urgence des défis.

C'est ce qui nous amène à écrire ce manifeste aujourd'hui.

Ce livre s'adresse à toutes celles et ceux qui pensent avoir un rôle à jouer par rapport aux grands défis du e siècle : étudiants, salariés, demandeurs d'emploi, entrepreneurs ou dirigeants en quête de sens et d'impact positif dans leur vie professionnelle. Il s'adresse aussi à toutes celles et ceux qui ne se posent pas encore la question.

Notre intention avec ce livre est de vous donner envie de contribuer à relever les grands défis sociaux et environnementaux au cœur de vos vies professionnelles. Et au-delà, d'amener la question de l'utilité de notre travail dans le débat public.

Ce manifeste est un appel à agir. Vous y trouverez des exemples inspirants qui montrent la voie, des questions clés à se poser, des conseils pour passer à l'action.

Nous passons en moyenne 80 000 heures de nos vies à travailler.

Et vous, qu'allez-vous en faire ?

L'URGENCE D'AGIR

« Quand le dernier arbre aura été abattu, quand la dernière rivière aura été empoisonnée, quand le dernier poisson aura été pêché, alors l'Homme s'apercevra que l'argent ne se mange pas. »

Geronimo, guerrier apache (1829-1909)

La décennie 2020 doit être celle de l'action pour inventer un nouveau modèle de société. Chacun a un rôle à jouer.

L'URGENCE ÉCOLOGIQUE ET SOCIALE

Notre modèle de développement a permis des avancées considérables. Depuis deux siècles, un grand nombre de progrès, inimaginables jusqu'alors, ont été rendus possible : réduction de l'extrême pauvreté, meilleur accès à l'éducation, progression de l'égalité femmes-hommes, avancées médicales et éradication de certaines maladies, progrès sociaux historiques…

Mais, dans le même temps, ce modèle de développement a fait émerger des dysfonctionnements profonds. Ces progrès majeurs ne doivent pas cacher les problèmes fondamentaux que ce modèle entretient et continue de développer.

Disons-le clairement : notre système actuel n'est pas durable.

Il est non soutenable d'abord, puisque fondé sur une utilisation croissante de ressources naturelles présentes en quantités limitées.

Avant les années 1970, l'humanité consommait moins de ressources que ce que pouvait lui procurer la Terre. À partir de 1970, est apparu le « jour du dépassement », celui où l'on consomme plus que ce que la Terre est capable de produire en une année. En 1970, ce jour était le 29 décembre. En 1990, le 7 décembre. En 2019, le 29 juillet. À l'échelle de l'humanité, nous consommons aujourd'hui 1,6 fois les ressources produites par la planète chaque année[4].

Nous avons franchi trois des « neuf limites planétaires »[5], à savoir le changement climatique, l'érosion de la biodiversité, la perturbation des cycles de l'azote et du phosphore, et une quatrième, la modification des usages des sols, est sur le point de l'être, compromettant ainsi la poursuite des activités humaines sur Terre.

Notre système est non souhaitable ensuite, puisqu'il crée de l'exclusion, des inégalités, du mal-être, de la pollution, des dérèglements climatiques… à mesure qu'il crée de la richesse.

26 personnes détiennent de nos jours autant d'argent que la moitié la plus pauvre de la population mondiale[6]. Ces 26 individus possèdent autant que 3 800 000 000 personnes ! En France, il faudrait six générations, soit « 180 années », pour qu'un individu issu d'une famille pauvre (parmi les 10 % des revenus les plus bas) atteigne le revenu moyen[7].

300 000 personnes sont sans domicile fixe en France aujourd'hui. Ce nombre a doublé au cours des dix dernières années. Dans notre pays, 4,1 millions de personnes sont privées de logement personnel ou vivent dans des conditions très difficiles[8].

Un continent de plastique de plus de 1,6 million de kilomètres carrés flotte dans l'océan Pacifique[9].

Les populations d'oiseaux ont chuté d'un tiers en quinze ans[10]. Près de 17 % des espèces animales et végétales sont menacées d'extinction en France[11].

Qui peut dire que ce sont les signes d'un système désirable ?

Qui pourra assumer face à ses enfants ou petits-enfants que nous avons alimenté ce système sans trop nous poser de questions ?

Qui pourra assumer face aux générations futures que nous avons cautionné et laissé faire ? Que nous n'avons pas tout mis en œuvre pour essayer de changer le cours des choses ?

Nous vivons aujourd'hui sur une véritable poudrière écologique et sociale. Un très grand nombre d'experts s'évertuent à le dire depuis déjà des années : les scientifiques de toutes les disciplines, les acteurs de terrain, de plus en plus de chefs d'entreprise…

Nous sommes ce système. À nous d'inventer un nouveau modèle de société. À nous de mettre en place de nouveaux réglages économiques, sociaux et environnementaux.

NOTRE RESPONSABILITÉ

Vous vous demandez peut-être : quelle est ma responsabilité là-dedans ?

C'est notre conviction profonde : chacun a un rôle à jouer, quel que soit son parcours, son métier, son niveau d'étude.

Mais nous sommes aussi convaincus que certains ont une responsabilité particulière, celle de se poser la question des conséquences de leur travail.

Celles et ceux qui ont un grand pouvoir d'agir et un grand potentiel d'influence.

Celles et ceux qui sont en situation de responsabilité[12] et dont les décisions ont une influence sur les autres.

Celles et ceux qui bénéficient d'un « matelas de sécurité » (diplôme, réseau, épargne…) et peuvent probablement prendre plus de risques que les autres pour changer les choses.

Celles et ceux qui ont la chance de traverser la crise de la Covid-19 sans trop se soucier du lendemain.

À chacun et chacune de se poser la question : est-ce que je contribue activement à construire la société dans laquelle j'aspire à vivre ?

Les défis sont immenses : nous avons envie de les voir comme autant d'opportunités de rêver et d'inventer le monde dont nous serions vraiment fiers !

CHANGER LE COURS DES CHOSES

Nous n'avons jamais été aussi bien outillés pour agir. Nous avons la chance de vivre à une période de l'histoire de l'humanité où tout est possible – le meilleur comme le pire. Et si nous osions utiliser cette puissance au service des défis les plus importants ?

Collectivement, nous sommes capables de trouver des solutions à nos problèmes – quels qu'ils soient – quand l'énergie, les moyens, les talents, les compétences sont mis au bon endroit.

Albert Sabin est un médecin et chercheur américain, né en Pologne au début du e siècle. Il est connu pour avoir mis au point un vaccin oral contre la polio. En refusant d'en déposer le brevet, il a renoncé aux revenus de toute exploitation commerciale, et le vaccin a ainsi pu être diffusé largement à l'échelle mondiale. Il a permis la quasi totale éradication de cette maladie au niveau international.

Grâce à l'action combinée de chercheurs, d'acteurs publics, d'industriels, de politiques et de la société civile, le protocole de Montréal de 1985 est considéré comme l'accord international le plus efficace à ce jour en matière de protection de l'environnement. Ce protocole interdit l'utilisation et la production de substances détériorant la couche d'ozone. « Selon les modèles, on pense que la couche d'ozone devrait être reconstituée à peu près en 2050, mais le trou d'ozone ne devrait complètement disparaître que dans les années 2060-2070 », explique Sophie Godin-Beekmann, directrice de recherche au Centre national de la recherche scientifique (CNRS) et présidente de la Commission internationale sur l'ozone.

Claire Nouvian est une militante écologiste, ancienne journaliste, productrice, réalisatrice de documentaires animaliers et scientifiques. En 2004, elle fonde l'association Bloom, avec pour vocation de protéger l'océan et les espèces marines. En 2016, après un travail de mobilisation citoyenne, d'influence et de sensibilisation, l'association est parvenue à faire interdire le chalutage en eaux profondes dans l'Union européenne puis en 2019, la pêche électrique.

André Dupon est un ancien enfant de la DDASS[13]. Il rejoint Vitamine T en tant qu'éducateur de jeunes sous main de justice avec un rêve : celui de rapprocher le social et l'économique. André est aujourd'hui président de Vitamine T, désormais plus grand groupe français d'insertion par l'activité économique avec 4 500 salariés. En quarante ans, 40 000 hommes et femmes en difficulté, « cassés par la vie », ont retrouvé le chemin de l'emploi et une place dans la société.

Ces quelques exemples montrent qu'il est possible de changer le cours des choses à grande échelle, quel que soit le défi, son parcours, ou son métier. Il n'y a pas de fatalité !

ET NOUS ?

Nos déclics

Moi, Matthieu, j'ai toujours voulu être utile. Mais évidemment, je n'avais aucune idée de comment. Alors, j'ai exploré. Adolescent, je suis engagé dans des associations. Je décide ensuite d'étudier en école de commerce pour comprendre le monde de l'entreprise, afin d'essayer de l'influencer positivement. En deuxième année, à Londres, au milieu de la crise financière de 2008, la plus violente de l'histoire, je ressens une véritable indignation lorsque l'on nous enseigne toujours en cours que « l'objectif d'une entreprise est de maximiser la valeur pour ses actionnaires à court terme » ! Avec les conséquences sociales et environnementales que cela comporte. À ce moment-là, je me promets de ne pas contribuer à rendre plus performant un système qui dysfonctionne profondément. De ne pas mettre mes idéaux de côté. En parallèle, je découvre l'entrepreneuriat social par des lectures. Je découvre que, partout dans le monde, un grand nombre d'entreprises utilisent la performance au service de la résolution de problèmes de société. Je continue d'explorer. Après une expérience dans la finance durable, dans le *social business* au sein d'un grand groupe, je choisis de travailler auprès d'entrepreneurs sociaux, aux Philippines, en Inde et au Sénégal pour apprendre du terrain.

Moi, Joséphine, j'ai grandi dans la « France périphérique », au contact de différents univers. Je réalise très tôt que le déterminisme social fait malheureusement bien son travail à l'école. Sans réussir à le formaliser clairement, une petite voix intérieure commence à se faire entendre : plus tard, j'essaierai de rendre à d'autres ce que j'ai reçu. Pendant mes études, je multiplie les expériences. Faire du bénévolat auprès des sans-abri renforce ma fibre sociale et ma colère envers les exclusions. Lire des témoignages, aller à des conférences, rencontrer des entrepreneurs sociaux sur le terrain m'inspire et me montre qu'il est possible de concilier efficacité économique et impact social. Créer un projet associatif étudiant de sensibilisation à l'environnement par le sport de montagne me donne le goût de l'entrepreneuriat, moi qui ne vient pas du tout de ce milieu. Travailler dans des grandes entreprises me convainc de la force des alliances entre le privé et l'associatif... Ce cheminement ne sera pas toujours clair, mais, petit à petit, il vient conforter ce qui est désormais devenu une obsession : redonner au plus grand nombre son pouvoir d'agir par l'éducation et l'engagement sociétal.

C'est ce qui nous a amenés à co-fonder Ticket for Change.

Lutter contre le gâchis de talents

Nous n'avions pas de cause spécifique qui nous tenait particulièrement à cœur… À chaque fois que nous creusions un sujet, nous en découvrions un autre que nous considérions comme tout aussi urgent et important ! Nous en avons fait une force.

Pour nous, il est essentiel d'accompagner la transition dans ses deux dimensions, écologique *et* sociale, et nous croyons au pouvoir de l'éducation. Avec Ticket for Change, nous permettons à des talents de s'engager sur les causes sociales ou environnementales qui leur tiennent à cœur, et d'en faire leur métier. Nous aidons celles et ceux qui ont l'envie de changer les choses, mais ne savent pas comment ! Notre cause à nous, c'est le gâchis de talent.

Nous avons les solutions en nous ! Personne ne peut résoudre tous les problèmes du monde, mais chacun peut contribuer à résoudre un problème. Et associées les unes aux autres, nos contributions peuvent changer la donne !

Yuka contribue ainsi à transformer les industries agro-alimentaire et cosmétique pour proposer des produits plus sains pour notre santé ; Meet my Mama favorise l'insertion de femmes issues des migrations ou réfugiées ; Le Drive tout nu démocratise le zéro déchet ; Oz'Iris améliore le parcours santé des patients à l'hôpital ; Starbolt aide les professionnels à opérer la transition énergétique de leur flotte de véhicules… Nous sommes extrêmement fiers d'avoir accompagné ces innovateurs dans leurs parcours. Par notre position « méta » d'activateurs de talents, nous sommes heureux de contribuer indirectement à un grand nombre de causes.

ET VOUS ?

Et vous, quelles sont les causes qui vous touchent ? Quels sont les défis que vous avez envie de contribuer à résoudre ? Voici une liste non-exhaustive d'exemples :

- Agriculture & Alimentation : permettre à tous de manger sainement et à prix accessible ; améliorer les conditions de vie des producteurs ; inventer une agriculture durable respectueuse de l'environnement ; lutter contre le gaspillage alimentaire ;
- Éducation : permettre une éducation de qualité et accessible à tous qui permette l'épanouissement de chacun ; garantir l'égalité des chances ; aider chacun à développer son potentiel dès le plus jeune âge ;
- Énergies : développer les énergies renouvelables ; permettre l'accès à une énergie propre, sûre, de qualité et accessible à tous ;
- Environnement : préserver l'environnement, la nature et la biodiversité ; lutter contre la pollution ; encourager le zéro déchet ; lutter contre l'obsolescence

programmée ; améliorer le recyclage ; lutter contre le réchauffement climatique ; développer notre capacité à vivre en harmonie avec la nature ;

- Habitat : permettre à chacun de se loger dignement ; développer l'habitat et la construction durable ;
- Inclusion & Lien social : permettre à chacun de trouver une place dans la société ; lutter contre les discriminations sous toutes ses formes ; lutter contre l'isolement ; favoriser le vivre-ensemble ; améliorer l'accueil et l'intégration des personnes réfugiées ;
- Mobilité : permettre l'accès à la mobilité pour tous ; développer des moyens de transport respectueux de l'environnement ;
- Précarité & Pauvreté : lutter contre l'extrême pauvreté ; la précarité ; et toute forme d'exclusion ;
- Santé : permettre l'accès à des soins de qualité pour tous ; améliorer la prévention ; lutter contre les maladies incurables ; aider à la prise en charge des personnes handicapées et âgées ;
- Travail & Emploi : lutter contre le chômage et ses conséquences ; favoriser l'insertion professionnelle des personnes exclues du marché du travail ; permettre à chacun d'avoir accès à un travail épanouissant ; développer le bien-être au travail.

Si vous n'avez pas de cause spécifique qui vous tient particulièrement à cœur, vous pouvez aussi vous poser la question suivante : quels sont les leviers qui, selon vous, ont le plus de potentiel pour faire changer le cours des choses ?

Exemples : l'éducation, les nouvelles technologies, la finance, les médias, les nouveaux modèles de gouvernance, l'art et la culture…

LE LEVIER DU TRAVAIL

« Chacun doit se demander si son travail perpétue ou non le problème. Dépenser toute son énergie pour une entreprise qui pollue et faire des "petits gestes" à la maison pour compenser, c'est être un pompier pyromane. C'est un peu comme dire : "Je travaille chez Monsanto mais j'y vais à vélo !" »

Cyril Dion, écrivain, réalisateur
et militant écologiste français

FAIRE LA DIFFÉRENCE

Dans les médias, dans les discours ambiants, la même manière d'agir est très souvent mise en avant : « les petits gestes du quotidien », plus ou moins exigeants. Consommer local, acheter d'occasion, s'équiper d'une gourde, prendre le vélo, faire du covoiturage, faire un don mensuel pour une cause, mais aussi devenir végétarien ou flexitarien, passer au zéro déchet, ne plus prendre l'avion, être bénévole dans une association…

Ces actions sont absolument nécessaires, elles se sont énormément développées ces dernières années, et doivent continuer à se généraliser. Malheureusement, elles ne suffisent pas. Les études le montrent.

En 2019, l'une d'entre elles cherchait à établir les responsabilités et les pouvoirs des individus, des entreprises et de l'État face à l'urgence climatique[14]. Sa conclusion : même avec un comportement individuel « proprement héroïque », généralisé à tous les Français, tous les jours de l'année, nous ne pouvons espérer une baisse de l'empreinte carbone que de 25 % par rapport à ce qu'elle devrait être pour atteindre les objectifs de l'accord de Paris[15]. Les 75 % restants sont du ressort de l'État et des entreprises, pour permettre une véritable « transformation systémique », conclut l'étude.

Ça tombe bien, car nous ne sommes pas que des consommateurs ! Nous sommes aussi l'État et les entreprises. Nous sommes leurs salariés, leurs dirigeants, leurs fournisseurs, leurs clients, leurs partenaires… Pour s'attaquer à ces 75 %, notre plus grand pouvoir ne serait-il pas là ?

Nous croyons en effet qu'une autre voie pour changer le monde est de s'engager par ce que nous faisons au quotidien, au cœur de notre activité professionnelle. Pas à sa périphérie. Notre travail est probablement l'un des plus grands leviers à notre disposition pour contribuer à changer les choses – même si encore trop peu de personnes le voient de cette façon.

L'IMPACT DE NOTRE TRAVAIL

Ce que nous faisons au quotidien façonne le monde.

Nous passons en moyenne 80 000 heures de nos vies à travailler[16]. Pendant 80 000 heures, nous créons, inventons, fabriquons, bâtissons, transmettons, contribuons à faire grandir des organisations, repoussons les limites du possible… Nous investissons nos talents, nos compétences, notre énergie pour faire avancer des sujets, des causes, des projets.

Mais vous êtes-vous déjà demandé au service de quoi ? Au service de quel modèle de société ?

Vous êtes-vous déjà interrogé : quel est le réel impact de mon activité professionnelle ? À quoi est-ce que je contribue vraiment ?

Car, qu'on le veuille ou non, notre travail a un impact sur le monde. Le choix de notre activité professionnelle – où, avec qui, pour quelle mission, dans quelle structure – n'est pas neutre ! Par le choix de notre travail, nous nous positionnons pour un modèle de société. Par le choix de notre travail, nous optons pour une autre façon de nous engager. C'est une vraie décision politique.

Si dans les chiffres du chômage, un emploi vaut un autre emploi, en réalité tous ne se valent pas du point de vue de l'intérêt général. 80 000 heures à construire des centrales à charbon, à faire cliquer des gens sur des publicités, ou à inventer le dernier produit de consommation à la mode, n'ont pas le même impact que 80 000 heures à faire de la recherche sur les énergies renouvelables, à développer l'agro-écologie, à accompagner des personnes en situation de handicap, ou à mettre les nouvelles technologies au service du bien commun.

LES CARRIÈRES À IMPACT

Pour la grande majorité d'entre nous, travail et engagement sont incompatibles. La vie semble scindée en deux. Le travail, la semaine, pour gagner sa vie. L'engagement, le soir et le week-end, « quand on a le temps ».

Pourtant, il est possible de réconcilier les deux ! Il est possible de vivre de son engagement, d'être rémunéré pour faire avancer les choses dans le bon sens, de construire sa vie professionnelle autour de l'impact que nous souhaitons avoir. Il est possible de mettre l'engagement au cœur de nos vies.

C'est ce que nous appelons les « carrières à impact ». La définition que nous proposons avec Ticket for Change en est la suivante.

Une personne est engagée dans une carrière à impact si et seulement si sont remplis les quatre critères suivants :

1. Intention : La personne a choisi cette activité professionnelle dans le but d'être utile à la société.
2. Impact : Les conséquences directes et indirectes de son travail ont un impact positif sur la société. Cet impact peut être par exemple une contribution concrète à l'atteinte des Objectifs de développement durable définis par l'ONU[17].
3. Engagement : Le temps dédié à ces activités à impact positif représente au minimum 50 % de son temps de travail et de sa rémunération.
4. Décisions : Les critères d'impact (social, environnemental) ont au moins autant de poids que les critères économiques dans les prises de décision.

S'engager dans une carrière à impact, c'est mettre en harmonie qui l'on est avec ce que l'on fait. C'est réaligner nos convictions et nos actions au cœur de sa vie professionnelle. C'est réconcilier nos compétences et notre quête de sens.

LES EXEMPLES SONT LÉGION

D'accord, mais à quoi cela ressemble concrètement ?

« La quête de sens l'a emporté. »

Jean a travaillé des années en fusions-acquisitions dans une grande banque. Sa « prise de conscience rampante » et le manque de fierté qu'il a à parler de son travail le poussent à se lancer dans l'entrepreneuriat dans un secteur qu'il ne connaît pas, lui qui dit « ne pas avoir la fibre entrepreneuriale ». La cause à laquelle il décide de s'attaquer en co-fondant Phenix, c'est le gaspillage alimentaire. « À 30 ans, à un moment où j'étais en train de fonder une famille, ce n'était pas facile de quitter la prison dorée de la banque d'affaires, et le confort matériel qui va avec. Mais sept ans plus tard, mon métier c'est d'aider une équipe de 180 salariés à sauver 120 000 repas chaque jour de la poubelle en connectant ceux qui ont trop avec ceux qui n'ont pas assez. Et ça, ça n'a pas prix. »

« Soit je changeais de métier, soit je décidais d'agir. »

Nolwenn est infirmière-anesthésiste. Elle n'en peut plus d'entendre pleurer les enfants hospitalisés. Elle envoie un mail à une entreprise de jouets et reçoit un carton de dons de peluches. C'est comme cela que démarre l'aventure Les P'tits Doudous. Aujourd'hui, c'est un réseau de près de 90 associations partout en France, et 1 000 soignants qui améliorent l'accueil et le bien-être des enfants opérés.

« J'ai envie que ma petite existence serve à rendre notre planète propre. »

Ludovic est éboueur et fier de son métier. C'est ce qu'il partage dans sa première vidéo sur TikTok. Résultat : 36 000 « j'aime » et plus de 1 000 commentaires. « Dans l'univers, la Terre, c'est notre maison, et on est en train de pourrir notre maison. » C'est ce message qu'il veut partager au quotidien à ces 145 000 jeunes abonnés. Avant cela, Ludovic était agent d'accueil et a eu des fonctions d'aide soignant en milieu hospitalier. « Je ne suis pas diplômé mais j'ai le diplôme de la vie, mon fil rouge, c'est d'être proche de l'autre. » Depuis tout petit déjà, il aimait ramasser les déchets et prendre soin de l'environnement, mais il précise : « Cette conscience n'était pas aussi importante avant que je sois éboueur. Dès le premier jour, ça a été une explosion d'envie et de volonté. Ce métier a donné un sens à ma vie. Et dans tous les métiers, je suis persuadé qu'il y a d'autres personnes comme moi ! »

« Qu'est-ce que je vais raconter à mes enfants sur mes contributions au monde ? »

Sophie a été contrôleuse de gestion dans le groupe Norauto pendant dix ans. Son nouveau défi elle va le trouver au sein de cette entreprise qu'elle ne veut pas quitter. Ce sera la mobilité, premier facteur de maintien ou de retour vers l'emploi. Elle réussit à convaincre sa direction de lancer Mana Ara, un programme pour permettre aux personnes précaires de réaliser un diagnostic et des réparations automobiles à bas coût. Aujourd'hui, Mana Ara a accompagné plus de 1 500 personnes et commence à être déployé au niveau européen.

« Pour un modèle de société radicalement différent. »

Emery est dirigeant d'entreprise, fondateur de Matelsom, une entreprise de vente de literie par internet. En 2009, il rachète la Camif, entreprise emblématique du secteur de l'aménagement de la maison au bord de la faillite. Pour la relancer, Emery mise sur ce qu'il appelle le « CQFD » pour « choix de la qualité, du français et du durable » et l'implication de toutes les parties prenantes. La transformation du groupe est une vraie réussite. L'entreprise a été la première en France à être certifiée B Corp[18], et une des premières entreprises à mission. Pour incarner ses valeurs, l'entreprise va jusqu'à fermer son site internet le jour très lucratif du Black Friday « pour s'opposer à la sur-consommation de masse et irréfléchie ». Des valeurs qui n'empêchent pas l'ambition : « À la Camif, on se mobilise pour un modèle de société radicalement différent, plus local, plus écologique et plus inclusif. Cette marque emblématique correspond bien à l'entreprise du [e]. Regardez notre réussite dans un univers ultra-concurrentiel. L'objectif, à présent, est de détrôner Ikea d'ici à 2040. Je suis sérieux. »[19]

« Sortir de l'engrenage. »

Paul est un petit génie des mathématiques. Originaire de Trappes et fils de parents immigrés chinois, c'est dans la Silicon Valley qu'il termine ses études et commence sa carrière en tant que *data scientist* chez Eventbrite. Mais, au fond, ce qui l'intéresse, c'est « utiliser la technologie pour servir l'intérêt général ». C'est pour cela qu'il s'engage dans l'associatif d'abord aux États-Unis, puis en France, renonçant à sa carrière prometteuse et un salaire à six chiffres à 20 ans. « On grandit dans un engrenage, où on a toujours l'impression de devoir faire plus. Ce qui compte vraiment, je pense, c'est de savoir ce qu'on veut pour soi. » Lui, ce qu'il veut, c'est créer de nouveaux « services publics citoyens » avec Bayes Impact. Il a déjà commencé à les construire en France au côté de Pôle Emploi, grâce à une plateforme qui a aidé près de 300 000 personnes à la recherche d'un emploi.

« Je suis fière et heureuse d'être utile aux gens de mon quartier. »

Kangue a commencé sa vie professionnelle en tant qu'actrice, danseuse et comédienne en Mauritanie. Arrivée en France il y a dix ans, elle est tour à tour agente de traversée des passages piétons aux abords des écoles, auxiliaire de vie auprès de personnes âgées puis gardienne d'immeuble. Elle devient ensuite « Voisine Maline » : en travaillant pour l'association VoisinMalin, elle va au contact des habitants de son quartier de Villetaneuse, essentiellement en porte-à-porte. « Comme je viens du quartier, je connais les problèmes que rencontrent les gens. Mon rôle est de les informer sur des sujets comme la santé, l'éducation ou les transports, de les écouter, d'aider à résoudre des problèmes qu'ils ont. Par exemple, une dame avait des problèmes avec la Caf, on l'a aidé. Je parle différentes langues – français, soninké, peul, wolof – donc ça me permet de traduire les informations importantes aux personnes qui en ont besoin et de leur rendre service », témoigne Kangue avec enthousiasme.

« La chance que j'ai, c'est de pouvoir choisir. »

Yoann est conscient de son privilège de construire sa vie professionnelle comme il le souhaite et a décidé depuis toujours de la mettre au service de sa vision du monde. Après des premières expériences dans l'humanitaire, le mécénat de compétences et l'entrepreneuriat social, Yoann travaille désormais dans le secteur public, au Ministère de l'Éducation nationale et de la jeunesse. Il a décidé de devenir « intrapreneur de la startup d'État Engagement civique ». Sa mission : déployer à l'échelle nationale des services numériques publics qui permettent de favoriser le bénévolat, les volontariats et le service national. « Un travail qui a du sens pour moi, c'est un travail qui contribue au monde que je veux voir. »

Des Jean, Nolwenn, Ludovic, Kangue, il y en a des milliers. Partout dans le monde. D'une incroyable diversité de parcours.

Leur point commun ? Avoir réussi à créer ou transformer leur métier pour consacrer leur temps de travail au service d'une cause qui leur tient à cœur.

Trouvez les Jean, Nolwenn, Ludovic, Kangue, qui vous inspirent.

VOS TALENTS PEUVENT CHANGER LE MONDE

Avec ces quelques exemples, nous le voyons : les possibilités sont infinies. Créer son entreprise, faire évoluer ses missions, se reconvertir et changer de métier…

Nous aurons besoin d'ingénieurs pour inventer de nouvelles solutions, de journalistes pour en parler, de comptables pour mesurer la richesse différemment, de financiers pour investir dans des projets à impact, d'enseignants pour former les nouvelles générations, de chefs de projets pour mener à bien ces ambitions, de dirigeants pour impulser ces transformations, d'agriculteurs pour nous nourrir, d'infirmiers pour prendre soin de notre santé, d'artistes pour faire changer les mentalités… Nous avons besoin de *tous* les métiers, dans *tous* les secteurs.

Quel que soit donc votre parcours, vos compétences, votre formation, vous avez un rôle clé à jouer.

Au-delà même des métiers, c'est d'une très grande diversité de talents[20] dont nous avons besoin. Les talents de celles et ceux qui savent sentir, émouvoir et créer de nouveaux récits pour susciter l'engagement. Les talents de celles et ceux qui savent formaliser, structurer, établir des plans d'action. Les talents de celles et ceux qui savent entreprendre des projets concrets. Les talents de celles et ceux qui savent les aider à grandir et à changer d'échelle. Mais aussi de celles et ceux qui changent le système de l'intérieur. Nous avons besoin de tous les talents.

Quelles sont les compétences, les expériences, les forces que vous avez et que vous pouvez mettre au service de la construction d'une société dont vous serez fier ?

Il n'y a rien de plus épanouissant que de mettre ses talents au service de causes qui nous dépassent. De savoir *pour* quoi nous nous levons le matin. De sentir que nous sommes à la bonne place, que nous sommes utiles et que nous faisons la différence.

Des études ont montré que trouver un sens dans son travail permet de trouver un sens à sa vie, avec des effets positifs sur son bien-être. S'engager rend heureux. Le faire au cœur de son travail, pendant 80 000 heures, est une incroyable manière de se donner la chance de l'être !

ET NOUS ?

Accompagner tous les acteurs de changement

Avec Ticket for Change, nous avons commencé par accompagner les entrepreneurs qui créent des structures à vocation sociale et environnementale. Puis, nous avons développé une offre à destination des dirigeants et des salariés qui veulent contribuer à la transition écologique et sociale de leur organisation. Enfin, ce sont pour les personnes en transition profesionnelle et les demandeurs d'emploi que nous avons développé de nouveaux programmes.

Nous pensons que c'est bien cet écosystème de talents, et non un seul type de profil, qui permettra de transformer véritablement le système. Nous sommes convaincus que cette diversité de profils et de formes d'engagement est essentielle pour rendre possible la transition.

L'importance du comment

Nous sommes convaincus que l'impact est à la fois dans ce que nous faisons, et comment nous le faisons. Depuis le début de l'aventure Ticket for Change, nous portons une attention aussi bien à la finalité et à la manière dont nous faisons les choses. À titre d'exemple, nous avons défini collectivement notre gouvernance pour nous permettre de mieux partager le pouvoir et les responsabilités ; nous proposons, en partenariat avec l'Institut Aristote, pour chaque nouvelle personne de l'équipe, un parcours de trois mois pour découvrir ses forces et ses talents, avec l'aide d'un coach professionnel ; nous faisons en sorte que tous nos programmes soient accessibles financièrement… Tout n'est pas parfait, mais nous essayons d'incarner au mieux nos valeurs !

ET VOUS ?

Vos aspirations

Que recherchez-vous en priorité dans votre travail ? Qu'est-ce qui vous semble le plus important ?

À partir de la liste suivante d'aspirations, dressez les cinq plus grandes priorités pour vous, en ce moment, par ordre d'importance.

- L'argent : avoir une bonne rémunération.
- La sécurité : avoir un emploi stable, avec une rémunération assurée.
- Le temps : avoir du temps libre à côté de mon travail.
- La liberté : avoir de l'autonomie et la liberté de choisir mes sujets, mon rythme, mon agenda, mes interlocuteurs, mon lieu de travail…
- La reconnaissance : avoir de la reconnaissance pour mon investissement.
- Le prestige : avoir un emploi avec un statut prestigieux aux yeux des autres.
- La passion : avoir un emploi dont les missions m'intéressent profondément.
- Le challenge : avoir des défis à réaliser au quotidien, devoir me dépasser en continu.
- L'apprentissage : apprendre au quotidien de nouvelles choses.
- L'influence : avoir une mission où je sens que je fais la différence pour le projet.
- L'impact positif : avoir une mission qui contribue à une cause qui me touche.
- L'équipe : travailler avec des personnes inspirantes, motivées, qui me tirent vers le haut.
- Les rencontres : rencontrer de nouvelles personnes, créer du lien.
- Autre :

Que retenez-vous de cet exercice ? Quel apprentissage en tirez-vous sur vous-même ? Qu'est-ce que cela vous donne envie de faire ?

CHANGER LE SYSTÈME

« Nous ne pouvons pas résoudre nos problèmes avec la même pensée que celle que nous avons utilisée lorsque nous les avons créés. »

Albert Einstein, physicien (1879-1955)

S'engager dans une carrière à impact, c'est possible, c'est épanouissant et cela peut vraiment contribuer à changer la donne.

Mais attention, ce n'est pas facile. Car, en réalité, tout, ou presque, nous pousse à faire l'inverse. Nous avons identifié cinq obstacles majeurs que nous rencontrons tout au long de nos vies professionnelles.

Notre intention ici est de faire prendre conscience de ces obstacles et d'évoquer des pistes pour les dépasser afin de contribuer à faire changer le système.

L'ÉDUCATION ET LA FORMATION

Dès le plus jeune âge, notre système éducatif ne nous invite pas suffisamment à identifier nos talents et les mettre au service des enjeux de société. Héritier de la révolution industrielle, ce système est basé sur la normalisation des individus. Or, dans un monde en changement permanent, l'éducation devrait donner à chacun des clés pour comprendre la complexité du monde, aider à révéler notre singularité, et nous permettre d'explorer ce que l'on veut faire de notre vie.

« Le système éducatif dans le monde fait partie du problème. Les étudiants des meilleures écoles sont extrêmement bien éduqués à polluer la planète… », s'indigne Satish Kumar, ancien moine jaïn, philosophe, activiste indien et fondateur du Schumacher College, une université de référence de la transition écologique en Angleterre.

Réussir la transition écologique et sociale requiert de changer le logiciel avec lequel nous regardons le monde, pensons, décidons. Cela demande des connaissances, des compétences et un état d'esprit totalement différents. Par exemple, la connaissance de soi, la vision systémique, l'esprit de collaboration, la pensée critique ou encore l'empathie sont des compétences absolument majeures, mais encore trop peu enseignées et trop peu valorisées.

Mais les choses changent ! En France, 69 % des étudiants souhaitent être plus formés aux enjeux environnementaux[21]. 66 % des établissements d'enseignement supérieur déclarent intégrer les enjeux de la transition écologique dans leur stratégie – même si seuls 15 % d'entre eux se déclarent prêts à former l'ensemble de leurs étudiants à ces enjeux[22]. Chaque mois se créent de nouvelles formations à la transition[23]. L'offre de formation se développe, mais elle est encore trop peu visible, trop peu lisible, et donc trop peu accessible.

C'est pour les rassembler et permettre un véritable changement d'échelle que Ticket for Change a initié, aux côtés d'autres acteurs, la coalition Grandes Écoles de la transition[24]. Nous nous inspirons du modèle de la Grande École du numérique[25] pour favoriser la reconnaissance des formations, des compétences et des métiers de la transition écologique et sociale. En moins de deux ans, 350 organisations ont soutenu la démarche, cinq ministères ont été impliqués, des députés nous ont aidés à rédiger des amendements. Tout reste à faire, mais le mouvement est lancé !

L'ORIENTATION

Deuxième frein : tout au long de nos parcours, nous ne sommes pas encouragés à nous engager dans des carrières à impact.

Le but du système d'orientation est de nous aider à trouver un métier qui garantisse un travail. C'est normal. Ce qui n'est pas normal, c'est que sont trop souvent négligés nos talents et nos aspirations profondes.

Les choix d'orientation se font trop souvent par défaut, en fonction du salaire, du prestige, de la sécurité, de ce que fait l'entourage, ou encore du coût des études. Et non des talents, des envies personnelles et de l'impact positif pour la société. La pression sociale et familiale peuvent aussi être de puissants anesthésiants. Les modèles de réussite véhiculés dans les médias également.

Notre conviction est qu'un des leviers incontournables pour faire évoluer le système est de faire changer les mentalités et les modèles de réussite. La conception traditionnelle de la réussite, fondée sur l'argent, le pouvoir, le statut peut être dépassée. Quid de valoriser aussi l'utilité sociétale et l'épanouissement ? Changer la vision de la réussite, c'est véhiculer de nouveaux récits par rapport au monde du travail.

Ici aussi, la bonne nouvelle est que les choses évoluent : 32 000 étudiants ont signé en 2020 le Manifeste pour un réveil écologique[26], refusant ainsi de « contribuer par leur travail à l'accélération des crises environnementales et sociales, et souhaitant mener une activité professionnelle cohérente avec l'urgence écologique, en mettant leur temps et leur énergie au service de projets qui construisent une société soutenable et socialement juste ». Ces jeunes, issus pour beaucoup des grandes écoles, ont pleinement conscience que leurs choix d'orientation peuvent être une arme pour changer le système. Si, demain, les entreprises peinent à recruter ou retenir leurs talents, elles perdront la bataille de la compétitivité et de l'innovation. Faire ces choix d'orientation engagés a une grande influence.

Le sens est aujourd'hui de plus en plus un critère déterminant au moment de choisir son emploi. 64 % des étudiants déclarent qu'« avoir été utile, avoir apporté des changements positifs à la société » au cours de leur vie professionnelle les rendrait fier, en première position, loin devant, par exemple, des responsabilités dans un grand groupe ou une carrière à l'étranger[27].

On ne compte plus les plateformes de recherche d'emploi, les cabinets de recrutement spécialisés, les forums d'entreprises autour des métiers de la transition écologique et sociale… ni les médias qui mettent en avant de nouveaux parcours ! Ticket for Change a par exemple créé avec Europe 1 un podcast pour raconter les transitions professionnelles d'acteurs de changement engagés[28]. L'écosystème s'est largement structuré pour aider à faire des choix engagés.

L'EMPLOI

Nous pensons qu'il y a deux types de métiers qui contribuent à la transition écologique et sociale : les métiers *de* la transition et les métiers *en* transition.

Les métiers *de* la transition sont les métiers spécifiques liés aux secteurs de la transition écologique et sociale : énergies, bâtiments, transports, alimentation, lien social... Ils sont très variés, à tous niveaux de qualification, et dans tous les secteurs[29]. Quelques exemples : opérateur de maintenance en énergie renouvelable, conseiller en rénovation énergétique du bâtiment, expert en agro-écologie, formateur sur les enjeux de la transition, médiateur numérique, aide soignant... Ces métiers sont des métiers d'avenir, et un certain nombre d'entre eux sont déjà des métiers en tension[30].

L'autre volet, essentiel pour la transformation du système, concerne ce que nous appelons la « transition des métiers ». Ou comment tous les métiers existant aujourd'hui, dans tous les secteurs d'activité, doivent prendre en compte les enjeux de la transition écologique et sociale. Cela concerne aussi bien la recherche et développement, les achats, la production, le marketing, la finance, les ressources humaines, le service client... dans l'industrie automobile, l'agro-alimentaire, les banques et assurances, le tourisme... Tous les métiers, dans tous les secteurs ! Il nous faut des pionniers pour réinventer toutes ces fonctions. Nous ne réussirons la transition que si, par exemple, demain, le directeur financier d'une entreprise pense différemment au moment de décider de ses investissements, qu'il privilégie le long terme au court terme, la valeur pour la société dans son ensemble à la seule valeur financière...

Le poids potentiel de ces métiers dans l'économie pourrait être énorme, soutenus par une vraie volonté politique. L'économie sociale et solidaire[31] représente aujourd'hui plus de 10 % du produit intérieur brut (PIB) et 2,4 millions de salariés, soit un emploi privé sur huit[32]. Dans l'économie classique, 66 % des entreprises considèrent comme prioritaire de mieux diffuser les engagements RSE[33] au sein de tous les métiers[34]. Cela peut paraître une goutte d'eau, mais Ticket for Change fait sa part : plus de 1 600 emplois contribuant à la transition ont été créés depuis 2014 par les alumni de nos programmes[35].

Selon une étude, 85 % des emplois de 2030 n'existent pas encore[36]. À nous de les créer !

LA RÉMUNÉRATION

Voici une triste réalité : il y a souvent une corrélation inverse entre rémunération et utilité sociétale[37]. Autrement dit, les métiers les plus utiles à la société sont bien souvent les moins rémunérés – il n'y a qu'à regarder les infirmières, aides-soignants, assistantes sociales, professeurs, agriculteurs, pompiers, éboueurs, ouvriers sur les chaînes de recyclage… Tandis que les métiers les plus rémunérés sont très souvent au service d'intérêts privés, dans des secteurs souvent destructeurs de la planète – traders, publicitaires, exploitants pétroliers… De manière caricaturale, cela veut dire que l'on a le choix entre être extrêmement bien payé pour polluer la planète et sous-payé pour essayer de la réparer.

Selon les sources et notre expérience, on estime à environ 20 à 30 % la diminution de salaire en moyenne pour un emploi à impact, sur des fonctions équivalentes. Et jusqu'à une division par deux dans certains cas.

Mais comparer avec l'économie classique n'est pas forcément la bonne manière de faire : les estimations peuvent être trompeuses. Les comparaisons sont parfois réalisées avec des marchés qui vont « sur-rémunérer » leurs employés, justement pour compenser un manque de sens. Oui, le sens se paye. L'utilité au travail a un prix.

Nous ne pouvons pas accepter cette réalité. Il est essentiel de réaligner utilité sociale et rémunération. Il n'y a pas de raison que celles et ceux qui s'engagent en faveur de l'intérêt général doivent faire des sacrifices financiers démesurés. Il faut rémunérer de manière attractive – à leur juste valeur – les personnes qui font le choix de s'engager dans des carrières à impact. C'est comme cela que nous attirerons, fidéliserons et développerons les meilleurs talents dans l'économie à impact et que celle-ci pourra devenir la norme.

En tant qu'employeurs, chez Ticket for Change, nous nous efforçons de payer le mieux possible chacun. À ce jour, les salaires vont de 34 000 à 70 000 euros bruts annuels, pour une équipe de 20 salariés de 25 à 53 ans. De gros efforts ont été faits au fur et à mesure que notre modèle économique s'est solidifié… mais nous ne sommes pas encore au niveau idéal souhaité pour l'ensemble de l'équipe.

À titre individuel, il nous paraît plus pertinent de se poser la question : quels sont *mes* besoins ? De combien ai-je besoin pour être heureux aujourd'hui et préparer un futur désirable ? Qu'est ce qui me paraît juste par rapport à la structure ?

La réponse dépendra de chacun, de son histoire, de son parcours, mais aussi de l'organisation que l'on rejoint. Posez-vous la question en toute sincérité avec vous-même, en vous détachant du regard de la société. Ne sous-estimez pas non plus votre seuil minimal.

Une autre question tout aussi importante selon nous est : quelles sont les autres avantages et formes de rémunération qui ont de la valeur pour vous ? Quelques exemples : la fierté de contribuer à faire avancer la société, un travail à temps partiel, une autonomie et une flexibilité dans vos missions, une équipe qui partage et incarne les mêmes valeurs, une plus grande participation aux prises de décision, une meilleure qualité de vie au travail et en dehors… De nouveau, cela dépendra du contexte de chacun. Osez vous demander ce qui est le plus important pour vous.

L'ÉCONOMIE

On le sait tous : l'économie dirige le monde. Pour créer des emplois qui contribuent à la transition, rémunérés à leur juste valeur, encore faut-il que l'économie se développe en ce sens.

Il n'est plus possible d'accepter que la grande majorité de l'économie se développe sans prendre en considération les limites de la planète et crée de l'exclusion à mesure qu'elle crée de la richesse. Le défi, c'est la transformation de l'ensemble de l'économie.

L'économie sociale et solidaire et l'économie à impact montrent qu'il est possible de créer de la valeur économique, écologique ET sociale. Ce sont des laboratoires de l'économie de demain. L'enjeu est à la fois le changement d'échelle de ces entreprises, mais surtout la pollinisation de l'ensemble de l'économie classique. « Passer des pionniers à la norme », comme le dit le Mouvement Impact France, qui vise à permettre l'engagement de 30 % des entreprises françaises dans la transition écologique et sociale d'ici cinq ans.

Il est urgent d'encourager la création et le développement d'entreprises vertueuses. Pour cela, il faut à la fois inciter concrètement les entreprises à s'engager (conditionnements des investissements publics à de réels engagements environnementaux, sociaux, et de gouvernance, incitations fiscales pour les entreprises et produits vertueux…), et orienter l'économie vers les secteurs les plus utiles, tout en accompagnant la décroissance de certains secteurs d'activité. Cela demande une volonté politique forte.

Au-delà, cela pose la question des indicateurs pour mesurer la richesse et la valeur. Quand nous utilisons exclusivement le sacro-saint PIB, le chiffre d'affaires et la rentabilité, nous ne pouvons pas changer de paradigme. Il nous faut inventer – et surtout démocratiser – des indicateurs de création de valeur « utile » à la société, en prenant en compte les dimensions économique, sociale et environnementale. L'Impact Score[38], de même que le référentiel B Corp, sont des outils intéressants pour accompagner la transformation des entreprises.

Ici aussi, les choses évoluent – même si c'est trop lentement. De plus en plus d'entreprises traditionnelles commencent à questionner en profondeur leurs modèles, et à ne plus se limiter à une gestion de leurs externalités négatives

– poussées par les évolutions législatives (loi PACTE[39]), la prise de conscience grandissante des dirigeants, l'évolution des aspirations de leurs collaborateurs, consommateurs et actionnaires. Au niveau international, 77 % des entreprises sont conscientes qu'elles doivent intégrer la responsabilité sociétale de l'entreprise dans leurs pratiques… mais seules 18 % d'entre elles déclarent avoir mis ce sujet au cœur de leurs priorités stratégiques[40].

À notre échelle, nous sommes fiers avec Ticket for Change de contribuer à faire avancer les travaux de mouvements engagés, comme le collectif Nous sommes demain, le Mouvement Impact France, B Corp, la Communauté des entreprises à mission, le Cercle de Giverny, pour porter cette voix d'une économie engagée au niveau politique.

LE POINT DE BASCULE

Aujourd'hui, c'est tout le système d'éducation, de formation, d'orientation, le monde du travail et le système économique qu'il faut repenser. Ce n'est qu'en faisant mouvement que nous pourrons y arriver.

Mais comment faire pour changer un système ? Nos contributions peuvent-elles vraiment faire bouger les choses ?

La réponse est oui ! Par la somme des efforts combinés, il y a un moment où la situation peut se retourner, et changer la donne. Chaque contribution peut être vue comme une goutte d'eau, mais une goutte d'eau finit par faire déborder le vase ou être à l'origine d'un fleuve.

Selon la théorie du point de bascule[41], ce sont des minorités actives qui permettent de produire de grands changements : les idées, les messages, les comportements, les produits se propagent exactement comme les épidémies. Au départ, il y a toujours une poignée de personnes et un contexte favorable à leur développement. Selon certaines recherches, il faudrait entre 10 et 25 % d'une population pour changer un système – que ce soit un groupe d'individus, une entreprise, une société.

Dans les années 1990 aux États-Unis, par exemple, les portables sont devenus de plus en plus petits et abordables. Puis, « à un moment donné », la technologie a atteint son point de bascule, et il y a eu assez de gens qui possédaient des portables pour que tout le monde puisse en avoir un.

Le point de bascule est un seuil, le moment où une masse critique est atteinte et une succession de conséquences peuvent arriver très soudainement. C'est une idée essentielle pour transformer un système.

Ceci est vrai dans tous les domaines. Et comme nous l'avons vu, nous sentons poindre – plus ou moins rapidement – des points de bascule autour du sujet des carrières à impact.

Il ne tient qu'à nous de contribuer à les accélérer collectivement.

ET NOUS ?

Tenir dans la durée

Accélérer face à l'urgence sociale et environnementale. Chercher à transformer le système. Cela peut assez vite devenir vertigineux. Et épuisant.

Pour avoir un impact durable, il faut tenir dans la durée. C'est un élément fondamental, trop peu évoqué. Malheureusement, beaucoup d'acteurs de changement s'essoufflent jusqu'à perdre leur flamme initiale… parfois jusqu'au burn-out. Prendre soin de soi est absolument essentiel pour bien prendre soin des autres et de la planète.

Alors, chemin faisant, nous sommes de plus en plus convaincus qu'il est nécessaire de savoir parfois ralentir, pour ne pas se perdre dans une course effrénée au « toujours plus ». Pour focaliser notre énergie là où l'on peut changer les choses. Pour s'assurer de faire la différence, là où l'on est bon et dans le plaisir. Pour faire avec d'autres, et ne pas croire que l'on va tout changer tout seul.

Moi, Joséphine, je passe régulièrement du temps à rencontrer d'autres innovateurs sociaux pour m'inspirer et partager des retours d'expériences. Je me reconnecte souvent à notre impact et notre mission sociale en échangeant avec les acteurs de changement que nous avons accompagnés. Je prends du temps deux fois par an pour faire le point sur mes envies et mes objectifs pour les prochains mois, et je n'hésite pas à faire évoluer régulièrement mes priorités en fonction. Pour faire la différence, j'apprends à choisir mes combats, à accepter que tout ne soit pas parfait et que le changement systémique prend du temps ! Enfin, sans doute, le plus important : je sacralise les moments de la vie personnelle qui me font du bien !

Moi, Matthieu, j'expérimente le 4/5e depuis quelques mois. Cela me permet de focaliser mon énergie sur l'essentiel, de mieux prioriser les opportunités et d'être plus lucide dans les prises de décision importantes. Et en parallèle, de mieux nourrir ma créativité. Le fait de ralentir me permet d'être plus juste et pertinent là où je dois l'être. Faire des pas de côté m'aide à aller plus vite ensuite. Je me demande chaque année si je suis à la bonne place et sur les bons sujets, et je fais en sorte de réajuster mes missions en fonction.

ET VOUS ?

Vos modèles de réussite

Nous croyons à l'importance des modèles de réussite pour construire le parcours qui nous ressemble. Ce sont ces personnes qui nous montrent la voie, qui nous donnent envie de donner le meilleur de nous-même. Leurs témoignages nous montrent que « oui, c'est possible ! ». Ils sont la preuve par l'exemple. Ils nous donnent du courage, de la créativité, de la confiance. Grâce à eux, on finit par se dire : « Et si c'était pour moi *aussi* ? ».

- Qui sont les modèles de réussite dont les parcours et engagements vous inspirent ?
- Quels sont leurs points communs ?

Mettez cette liste à jour régulièrement. Relisez leurs points communs. Ils disent beaucoup de la voie que vous pourriez avoir envie de suivre.

Votre stratégie d'impact

Pour changer les choses, deux grandes options se dessinent :

- Inventer des alternatives au système existant. Votre stratégie : créer de nouvelles organisations pour répondre différemment à des problèmes non-résolus, avec de nouvelles pratiques. Concrètement : créer une nouvelle entreprise ou association, inventer des innovations sociales ou environnementales, travailler pour une organisation pionnière dans son secteur… Avec toutefois le risque de rester à la marge si les alternatives n'arrivent pas à se développer suffisamment.
- Essayer de changer le système de l'intérieur. Votre stratégie : transformer les organisations et les institutions actuelles, en jouant avec les règles du jeu d'aujourd'hui. Concrètement : travailler au sein d'une grande entreprise, d'une PME ou d'une institution publique en transformation… Avec le risque de compromission et de résistance au changement.

Nous avons besoin des deux pour changer de système !

Dans quelle voie vous reconnaissez-vous le plus ?

Quelles sont les stratégies de vos modèles de réussite pour contribuer à changer les choses ?

PASSER À L'ACTION

« Ne doutez jamais qu'un petit groupe d'individus engagés puisse changer le monde. En réalité, c'est toujours comme cela qu'il a changé. »

Margaret Mead, anthropologue américaine (1901-1978)

Le plus dur ce n'est pas d'avoir envie, c'est de sauter le pas.

Bonne nouvelle : tout est là pour vous accompagner dans cette transition !

Voici trois stratégies pour vous engager dans une carrière à impact et participer au mouvement.

TRANSFORMER VOTRE EMPLOI ACTUEL

Vous êtes aujourd'hui en poste dans une organisation. Et si le meilleur moyen de changer les choses, c'était de rester là où vous êtes ?

Comment transformer votre emploi actuel vers un emploi à impact ? C'est à la fois le plus facile, car vous restez en poste dans une équipe et une organisation que vous connaissez, et le plus difficile, car vous inventez un nouveau fonctionnement dans une structure existante.

C'est l'histoire d'Antoine, salarié du groupe Danone. Il commence son parcours professionnel dans des fonctions opérations chez Blédina puis rejoint il y a sept ans l'équipe qui fabrique et commercialise les yaourts bio Les 2 Vaches. Il démarre en tant qu'acheteur de matières premières agricoles (lait, fruits, sucre…). Au bout de quelques mois, il s'interroge sur son rôle à l'interface entre le monde agricole et la marque Les 2 Vaches : comment un acte d'achat de matière agricole peut répondre à un enjeu de soutien des agriculteurs, d'amélioration de leurs pratiques, le tout en alimentant la marque ? « J'étais au bon endroit au bon moment pour faire des propositions, même si elles n'étaient pas encore très claires, je savais que j'avais un terreau fertile pour innover. » Il fait confiance à ses intuitions et propose des premiers pas qu'il mène en plus de son périmètre de départ.

Comme Antoine, commencez par identifier ce qu'il faudrait changer selon vous. Si vous souhaitez transformer votre job, c'est probablement que vous avez pris conscience que quelque chose n'allait pas dans la manière de faire votre travail ou dans sa finalité. Pour cela, identifiez vos « irritants » : ce qui dysfonctionne selon vous, ce qui n'est pas souhaitable, ou là où il faudrait aller plus loin.

Cherchez avant tout à réduire les impacts négatifs de votre activité. Il vaut mieux diminuer des impacts négatifs « de 10 » plutôt que d'essayer de développer un impact positif « de 1 » sans toucher aux impacts négatifs.

Après une première vie professionnelle de gendarme, Sébastien, passionné de sports, entre comme vendeur chez Décathlon. Grand amoureux de la nature, il ne supporte plus de devoir laisser ses convictions à la porte de son travail. Il s'investit de plus en plus dans les sujets de développement durable du groupe, et met en place, dans son magasin à Monaco, l'opération « Zéro bouteille en plastique vendue ». Il convainc son directeur de magasin de ne plus proposer de bouteilles d'eau en plastique, et de les remplacer par une fontaine à eau filtrée et purifiée et la vente de bouteilles éco-conçues, réutilisables pendant plusieurs années. « C'est possible de prendre des initiatives localement. On n'a pas besoin d'attendre que ça vienne d'au-dessus de nous[42] », raconte-t-il. Aujourd'hui, l'opération a déjà été déployée dans une trentaine de magasins en France ainsi que dans d'autres pays (Kenya, États-Unis, Écosse...).

Comme Sébastien et Antoine, identifiez vos marges de manœuvre. Nous en avons tous, même si tout semble nous faire croire l'inverse. Identifiez sur quel périmètre vous pouvez avoir une influence : votre équipe, votre département, votre organisation dans sa globalité ?

Inspirez-vous d'exemples dans d'autres organisations. Connectez-vous à d'autres pionniers. Apprenez de ce qui a déjà été fait. Formez-vous : changer les choses ne s'improvise pas !

Transformez pas à pas votre métier. Montrez la valeur que cela apporte à votre organisation, et à la société dans son ensemble. Faites la preuve par l'exemple. Testez, mesurez, racontez. Ainsi, vous développerez votre légitimité et vous pourrez consacrer jusqu'à 100 % de votre temps à ce nouveau métier que vous aurez inventé.

Pour revenir à l'exemple d'Antoine, les résultats concrets de ses premiers pas permettent de convaincre sa hiérarchie de lui donner plus de ressources et de temps pour aller plus loin sur ces sujets, dans l'intérêt de l'entreprise. Une puis deux personnes arrivent dans l'équipe pour l'épauler. Au fur et à mesure, les engagements qui consistent à améliorer la rémunération des producteurs, la formation des agriculteurs, le bien-être animal, le respect de l'environnement sur l'ensemble de la chaîne de valeur ont transformé l'ensemble des métiers de l'équipe. Résultat : l'entreprise obtient la première labellisation en France de commerce équitable de lait bio ainsi que le quatrième score B Corp Monde pour une entreprise alimentaire.

Cette transformation s'opère jusqu'à la mesure de la performance : aux traditionnels indicateurs de rentabilité ou de volume, s'ajoutent des indicateurs extra-financiers qui permettent à Les 2 Vaches de qualifier son impact et de guider en conscience ses choix stratégiques sur le long terme.

Le conseil d'Antoine : « être capable de détecter les signaux faibles à l'extérieur de l'entreprise et bien comprendre les attentes de l'organisation pour ne pas être déconnecté du *business*[43]. »

TROUVER UN NOUVEL EMPLOI

Parfois vos marges de manœuvre seront peut-être trop étroites pour réinventer votre métier dans votre organisation. Changer d'emploi pourra alors être la meilleure option pour avoir une plus forte contribution à la résolution de nos défis sociaux et environnementaux.

Identifiez vos talents et les compétences que vous avez déjà et que vous allez pouvoir utiliser différemment. Ce sera votre plus grande force. Formez-vous pour développer de nouvelles compétences si cela est nécessaire.

À 29 ans, Mathilde a un diplôme, un « bon » job en marketing digital et un plan de carrière tout tracé. Un schéma de la réussite construit au fur et à mesure de ses études et rarement questionné : travailler pour une marque internationale, être reconnue, avoir des responsabilités… « Et pourtant, il y a une partie de moi qui devait reconnaître que ça n'allait pas. Il y a eu un déclic, un moment où j'ai pris conscience que je n'étais pas à la bonne place, que je n'étais pas alignée avec mes aspirations profondes. J'ai mis six mois à mûrir ma décision. Le plus difficile était de me lancer vers l'inconnu. » Après avoir notamment participé au programme *L'Exploration* de Ticket for Change, Mathilde opère une transition et postule à une offre de CDD, qui s'est depuis pérennisée en CDI. Elle a rejoint La Vie Est Belt, une entreprise sociale dans l'économie circulaire qui conçoit des accessoires de mode en matières revalorisées, confectionnés par des personnes en situation de handicap dans le Nord de la France. En tant que responsable marketing, elle met aujourd'hui ses compétences au service d'un projet qui a du sens pour elle. C'est ça, sa nouvelle définition de la réussite.

Regardez les métiers qui recrutent ou qui vont émerger demain. Regardez les structures qui embauchent.

Rencontrez-les. Apprenez de ce qu'ils ont mis en place. Découvrez ce qu'il manque pour réussir leur mission. Voyez comment vous pouvez y contribuer.

Antoine (un autre Antoine) grandit en région parisienne, où il côtoie une grande diversité de personnes et de milieux sociaux. Lorsqu'il intègre plus tard une grande école, il se dit au fond de lui : « si je fais des grandes études, c'est pour contribuer au bien-être social et à la réduction des injustices. » Après diverses expériences dans le digital, il quitte son entreprise car « cela manquait de valeurs sociales ». Il rencontre Saïd Hammouche, le fondateur de Mozaïk RH, premier cabinet de recrutement spécialisé dans la promotion de la diversité, lors d'une conférence organisée par Ticket for Change. Dix jours plus tard, il découvre une offre d'emploi faite pour lui. Il rejoint ainsi Mozaïk RH pour accompagner la digitalisation d'une partie de l'activité de l'entreprise. Antoine met ainsi ses compétences au service de ses convictions. « Trois déclics m'ont permis de passer à l'action. Le premier, c'est mon indignation face aux injustices sociales. Le deuxième, c'est mon expérience dans une entreprise "classique" : je me suis beaucoup interrogé sur le sens de mon confort personnel et sur le fait que je mettais de côté mon envie d'aider les gens. Mon troisième, ça a été les rencontres faites[44]. »

CRÉER VOTRE EMPLOI

Vous n'avez pas trouvé d'emploi qui corresponde à vos aspirations ? Peut-être faut-il songer à le créer en devenant entrepreneur ! Voici quelques pistes pour passer à l'action.

Attaquez-vous au bon problème. Quelle que soit la thématique, trouvez un problème de société urgent, important, qui n'a pas d'alternative satisfaisante.

Marie est née en Côte d'Ivoire. Elle arrive en France en 1990 en tant que migrante. Adolescente, elle doit décrypter les attentes du système de formation « à la française », très différent de ce qu'elle a connu jusqu'alors. Son parcours n'est pas linéaire : elle travaille en mission locale, devient coiffeuse, puis intégratrice web... En parallèle, elle est bénévole dans plusieurs associations et observe les mécanismes d'insertion en France. « C'est à ce moment-là que naît mon envie de changer le regard des Français sur les personnes issues de l'immigration. » Métishima voit le jour, avec l'objectif de valoriser les compétences et les aptitudes professionnelles des personnes issues de migrations.

Entourez-vous. Entreprendre dans des causes sociales ou environnementales est tellement complexe qu'il est essentiel de travailler avec les bonnes personnes. Trouvez des cofondateurs de talent qui vous complètent et construisez votre équipe de rêve.

Faites-vous aider de mentors expérimentés pour pouvoir vous poser les bonnes questions et prendre du recul sur les grandes décisions.

Marie, la fondatrice de Métishima, a par exemple fait appel à Bertrand, un ancien cadre commercial dans un grand groupe de cosmétiques. Il met ses compétences au service du développement du projet : au début, il l'aidait ponctuellement, aujourd'hui il est président de l'association.

Choisissez aussi de bons partenaires, notamment des acteurs qui travaillent déjà sur les mêmes enjeux de société.

Rapprochez-vous des nombreuses structures d'accompagnement pour ne pas rester seul et trouver toutes ces ressources[45].

Après un début de parcours professionnel dans le monde de la recherche médicale, Marie (une autre Marie, décidément !) se rend compte que cette voie n'est pas faite pour elle. Elle s'engage dans le bénévolat auprès de personnes sans-abri et aime la sensation d'avoir un impact direct et immédiat. Elle découvre l'entrepreneuriat social dans le cours en ligne co-créé par Ticket for Change et HEC Paris. « Pour moi, ce n'était pas du tout naturel d'être entrepreneure, je ne viens pas du tout de ce milieu-là. Jamais, je ne me suis dit que je serai cheffe d'entreprise. » Elle rencontre son associé, Antoine (un troisième Antoine !), lors du *Parcours Entrepreneur* de Ticket for Change. Celui-ci sort d'une expérience en audit. « Je me suis posé deux questions : Quel monde je souhaite voir ? Est-ce que j'y participe aujourd'hui ? De répondre non à la seconde m'a fait démissionner », raconte-t-il. « À ce moment-là, j'ai pris la décision de participer ou de créer un projet qui répond à de vrais problèmes sociétaux ou environnementaux. » Ensemble, ils créent WeDressFair, qui met en avant les marques réellement engagées de l'industrie textile.

Soyez obstinés par votre problème pour trouver la meilleure solution possible. Passez du temps à écouter et observer les personnes directement affectées par le problème pour trouver une réponse qui apporte une vraie transformation. Testez, améliorez, testez de nouveau – en continu. Focalisez-vous sur la qualité.

En deux ans, Métishima a accompagné 120 personnes issues de l'immigration dans leur insertion professionnelle : « Nous les aidons à exercer leur métier d'origine ou à pratiquer un métier pour lequel ils ont des aptitudes, en les mettant en relation avec des entreprises partenaires qui recrutent. »

Construisez votre modèle économique. Testez, itérez, développez un modèle économique pérenne qui vous donne les moyens de votre ambition. Trouvez le moyen d'être rémunéré pour votre impact.

Soyez ingénieux pour la démultiplication. Trouvez des leviers pour diffuser cette qualité à très grande échelle. Cherchez à être copié, répliqué, adapté. Si votre but est vraiment de changer le système, peut-être la meilleure manière est d'aider d'autres à reprendre votre innovation.

Chemin faisant, vous créez votre propre emploi, et peut-être bien d'autres !

Aujourd'hui, l'équipe Métishima compte neuf personnes, et son activité intéresse fortement les acteurs du service public de l'emploi. Chez WeDressFair, l'équipe est composée de dix personnes et continue de grandir. Le site compte désormais environ 150 000 visiteurs uniques par mois. Lors de leur dernière mesure d'impact, 95 % des répondants disent avoir changé de manière de consommer ou d'avoir totalement arrêté d'acheter de la *fast-fashion* en découvrant WeDressFair.

TROUVER VOTRE VOIE

Si le choix de votre voie est clair, foncez !

Si ce choix n'est pas encore très clair, prenez le temps de vous poser les bonnes questions. Dans un monde où tout va trop vite, autorisez-vous à ralentir.

Trouvez ce que vous avez envie d'améliorer dans le monde. Identifiez les causes pour lesquelles vous avez envie de vous battre. Trouvez ce qui vous indigne ou ce qui vous donne envie d'agir. Et faites-le comme vous en avez envie : en rencontrant des gens, en regardant des documentaires, en lisant des articles ou des études sur les sujets…

Trouvez ce qui vous donne de l'énergie, ce qui vous passionne, ce qui vous procure de la joie, du plaisir. Identifiez ce que vous aimez profondément faire. Trouvez ce qui vous fait vous lever le matin. Pas de secret : c'est en testant qu'on le découvre !

Nommez vos domaines d'excellence, vos talents, vos dons, vos atouts, vos forces. Trouvez ce que vous faites facilement et ce que les autres vous reconnaissent. Prenez conscience de vos compétences. Découvrez comment vous allez pouvoir faire la différence. Le regard des autres peut être très utile pour vous aider à voir ce que vous apportez d'unique.

Identifiez comment vous allez pouvoir gagner votre vie. Identifiez le métier que vous allez pouvoir réaliser et qui correspond à vos aspirations et vos forces. Demandez-vous de combien vous avez vraiment besoin à la fin du mois… et de toutes les autres choses qui ont de la valeur pour vous (sens, reconnaissance, rencontres, autonomie, flexibilité…)

Mettez vos intentions et vos réflexions par écrit : les projets qui vous inspirent, les idées qui vous viennent, les doutes aussi… Compilez tout cela dans un carnet qui sera votre compagnon de route. Écrivez-y tout ce qui vous passe par la tête. Relisez-le régulièrement.

Parlez-en aussi régulièrement autour de vous. Avec les gens en qui vous avez confiance et qui portent un regard positif sur ces questionnements. Mais aussi avec des personnes que vous connaissez moins bien. Certains vous mettront en relation avec de précieux contacts, d'autres vous feront des retours utiles, d'autres encore partageront les mêmes questionnements que vous et vous feront avancer.

Regardez les parcours des personnes qui vous inspirent. Demandez-leur conseil. Engagez-vous auprès de projets existants pour apprendre par l'action. Multipliez les expériences pour voir les environnements qui vous conviennent le mieux (bénévolat, stages, missions courtes…). Proposez votre aide. Testez pour voir ce qui vous plaît ou vous plaît moins.

Utilisez au mieux vos périodes de transition pour explorer : études, transitions professionnelles… Soyez curieux. Découvrez tous les acteurs engagés sur les causes qui vous touchent.

Au final, notre message le plus important : à vous d'inventer *votre* propre chemin ! C'est le plus difficile mais le plus exaltant aussi. Il n'y a que comme ça que cela marchera. En étant fidèle à qui vous êtes, ce qui vous inspire, ce qui vous donne de l'énergie.

ÊTRE ACCOMPAGNÉ DANS VOTRE PASSAGE À L'ACTION

Vous n'êtes pas seul à vous poser ces questions et à avoir envie d'autre chose.

Mais, si ce mouvement est grandissant, ces questionnements sont encore à contre-courant du système.

C'est pour cela que nous avons créé Ticket for Change. Pour faciliter le passage à l'action de celles et ceux qui souhaitent mettre leurs talents au service des grands défis de société, au cœur de leur travail.

L'écosystème de soutien est extrêmement riche aujourd'hui : médias, formations, programmes de coaching, bilans de compétences, cabinets de recrutement, incubateurs, accélérateurs, fonds d'investissement… Jamais autant de ressources n'ont été à disposition pour aider à passer à l'action.

Nous avons sélectionné et rassemblé les meilleures ressources pour s'engager dans une carrière à impact sur My Ticket[46] : articles, livres, vidéos, MOOCs, formations, podcasts…

Votre temps est précieux : le monde a besoin de vos talents ! Gagnez du temps en apprenant des acteurs de changements qui sont déjà passés à l'action.

ET NOUS ?

Notre exploration

Nous ne nous imaginions pas entrepreneurs. De par nos environnements familiaux, nos chemins respectifs, ce n'était pas la voie imaginée. Mais par l'exploration, les rencontres, le soutien de partenaires clés, nous le sommes devenus !

Pour moi, Matthieu, ce qui m'a aidé à sauter le pas, ce sont toutes les rencontres avec des acteurs de changement qui m'ont prouvé que c'était possible. Ce sont les premiers projets lancés avant Ticket for Change, qui m'ont aidé à prendre confiance en moi. C'est la découverte en Inde[47] d'un modèle puissant, à adapter à la France, avec un fort potentiel d'impact. C'est ce sentiment de responsabilité : le fait de me dire que si je ne le faisais pas, qui le fera ? Et si ce n'était pas maintenant, quand alors ? C'est la prise de conscience que je n'avais au final pas grand-chose à perdre et potentiellement beaucoup à gagner. Ce sont les mots – les plus puissants qui existent – d'un mentor : « Je crois en toi. »

Moi, Joséphine, je n'avais aucun entrepreneur dans mon entourage. Je n'ai jamais pensé que ce serait une voie possible pour moi. Ce qui m'a aidé à me lancer, c'est la rencontre d'entrepreneurs sociaux en Inde qui m'ont montré l'exemple et qui m'ont fait rêver. C'est cette question : « Qu'est-ce que je ferais si je n'avais pas peur ? » et le fait d'y répondre vraiment en toute sincérité avec moi-même ! Je trouve cette question très puissante : elle dit beaucoup de ce qui nous fait vibrer profondément. Elle m'a aidé à sauter le pas et rejoindre l'aventure Ticket for Change à ses tout débuts. Aujourd'hui, c'est la voie de l'entrepreneuriat que j'ai choisie, demain qui sait ? Ce qui sera le fil rouge dans tous les cas, c'est avant tout l'envie de contribuer à changer le système sur des causes qui sont essentielles à mes yeux, quelle que soit la forme que cela prend.

Nous vivons depuis sept ans du projet que nous avons co-fondé. Ticket for Change compte aujourd'hui 20 salariés, mais aussi 120 démultiplicateurs formés à nos méthodes. Nous sommes aussi là pour témoigner que c'est possible !

ET VOUS ?

Vos prochains pas

Est venu le temps du passage à l'action ! La clé, c'est de commencer par des premiers petits pas concrets.

Quelles sont les 3 choses que vous avez envie de faire dans les prochaines semaines ?

Par exemple : contacter telle personne, suivre telle formation, regarder tel contenu, partager le manifeste à des proches…

Inscrivez-les dans votre agenda et tenez-vous y comme vous le faites pour vos autres engagements. Un conseil : partagez aussi ces envies à quelqu'un, cela peut être très précieux d'être stimulé et soutenu !

Votre lettre à vous-même

Visualiser vos avancées peut vous aider à les réaliser.

Nous vous proposons ce dernier exercice pour favoriser votre passage à l'action.

Prenez une bonne demi-heure dans un endroit calme dans lequel vous vous sentez bien.

Projetez-vous dans un an.

Écrivez-vous une lettre – oui à vous-même ! – en racontant ce que vous êtes fier d'avoir réalisé, et comment, pendant cette année qui vient de s'écouler. Écrivez ce que vous vous souhaitez.

Il peut s'agir d'une quinzaine de lignes comme de plusieurs pages… libre à vous !

Gardez là précieusement et mettez un rappel dans votre agenda pour la lire dans six mois et dans un an. Impact garanti !

SEPT IDÉES CLÉS DU MANIFESTE

(à partager largement autour de vous !)

1 Il est urgent de s'engager pour accélérer la transition écologique et sociale. Le temps presse ! Mais contribuer à quelque chose de plus grand chose que soi, c'est aussi ce qui donne du sens à la vie.

2 Lorsque l'on parle d'engagement, seuls les « petits gestes du quotidien » sont mis en avant. Ils sont essentiels certes, mais clairement insuffisants.

3 Le travail est un terrain de jeu extrêmement puissant pour accélérer cette transition. Nous travaillons en moyenne 80 000 heures dans notre vie : nous pouvons les utiliser pour avoir un impact positif. S'engager par son travail, c'est possible et c'est ce que l'on appelle les carrières à impact.

4 Les possibilités sont infinies. Tous les profils, tous les secteurs d'activité, tous les métiers sont concernés : métiers *de la* transition (apparition de nouveaux métiers directement liés aux enjeux sociaux et environnementaux) et métiers *en* transition (transformation des métiers existants).

5 L'enjeu est de passer de l'envie à l'action. Il existe trois principales stratégies pour s'engager dans une carrière à impact : transformer son emploi, trouver un nouvel emploi, créer son emploi. Le passage à l'action n'est pas le plus simple, mais il n'y a jamais eu autant de ressources et d'acteurs pour vous accompagner !

6 Le système actuel ne nous encourage pas dans ce passage à l'action. Mais, par nos actions combinées, nous pouvons créer un point de bascule et changer ce système. En vous engageant dans une carrière à impact, vous contribuez à inventer un nouveau modèle de société, ainsi qu'à incarner qu'une autre vision du travail est possible.

7 Au fond, ce que nous interrogeons, c'est la définition de la réussite. Nous pensons qu'il est essentiel de se poser la question, individuellement et collectivement, de ce qui est le plus important pour nous. Et d'agir en conséquence. C'est quoi, pour vous, réussir votre vie en général ? Et réussir votre vie professionnelle en particulier ? À quoi avez-vous envie de consacrer votre temps de travail ? Qu'est-ce qui vous rendra vraiment fier ?

CONCLUSION

Nous aurions probablement pu « faire carrière ». Nous avons choisi une autre voie : celle des carrières à impact. Aujourd'hui, nous n'avons pas de salaire à six chiffres. Pas de statut prestigieux. Pas de perspectives d'évolution toutes tracées.

Mais la fierté de contribuer tous les jours aux défis que nous considérons comme les plus importants dans le monde. La joie d'être entourés de personnes qui nous inspirent et partagent les mêmes valeurs que nous. La stimulation de créer au quotidien des modèles d'organisation et des modèles économiques qui ressemblent au monde que nous voulons voir advenir. La satisfaction immense de sentir que nous sommes au bon endroit. La fierté de parler de ce que nous faisons de nos journées. Cela n'a pas de prix.

Voici le défi du ^{e} siècle : inventer un nouveau modèle de société, plus juste, plus solidaire et plus durable. C'est la seule voie de progrès pour bâtir un monde pacifié. Pour cela, nous devons réussir une grande transition écologique et sociale de notre système actuel.

Nos vies professionnelles en seront des accélérateurs. Ou des freins. Prenons-en conscience. Et choisissons. Décidons de mettre nos talents au service de ce qui compte vraiment.

Chacun de nous peut faire la différence, avec notre singularité, nos marges de manœuvre respectives, nos envies et nos contraintes personnelles.

Vous pouvez diffuser ces idées largement autour de vous. Rejoignez le mouvement[48] et devenez-en ambassadeur. Offrez ce manifeste, partagez-le dans vos réseaux, laissez-le « traîner » dans un endroit public (cafétéria, bibliothèque, gare...), parlez-en autour de vous !

Mais la meilleure manière de convaincre est de le faire par l'exemple. La meilleure manière de transformer ce monde est d'avoir le courage de l'incarner.

Inventez votre métier. Réinventez-le. Créez-le !

Explorez la manière dont vous pouvez avoir le plus d'impact positif tout en prenant du plaisir.

Inventez *votre* propre carrière à impact, celle qui vous ressemble.

Ensemble, nous pouvons contribuer à changer le système. Nous sommes légion. Nous pouvons atteindre le point de bascule. La combinaison de nos talents peut changer le monde.

Vous pouvez utiliser les ressources mises à votre disposition sur My Ticket[49].

Ensemble, nous pouvons créer un réel mouvement.

Nous passons en moyenne 80 000 heures de nos vies à travailler. Si nous avons le privilège de pouvoir choisir ce que l'on veut en faire, nous avons la responsabilité de les utiliser pour construire un monde souhaitable.

Ces 80 000 heures, moi, Matthieu, j'ai décidé de les consacrer à faire émerger une économie au service du vivant.

Moi, Joséphine, j'ai décidé de les consacrer à construire le futur de l'éducation et à redonner du pouvoir d'agir au plus grand nombre.

Jean, lui, a décidé de les consacrer à construire un monde sans gaspillage, en réinventant au passage le rôle de l'entreprise.

Nolwenn, elle, à atténuer la souffrance des enfants hospitalisés.

Ludovic, lui, utilise ces 80 000 heures pour rendre la planète propre.

Et vous, qu'allez-vous décider d'en faire ?

À PROPOS

Ticket for Change est une entreprise sociale créée en 2014.

Pour accélérer la transition écologique et sociale, nous créons des parcours et des outils pour que chacun puisse s'engager dans une carrière à impact et ainsi mettre ses talents au service des grands défis de société.

Nous proposons :

- des événements tout au long de l'année et des podcasts, *Vécus* et *L'Envol* avec Europe 1 et Ground Control, pour s'inspirer et découvrir des exemples d'acteurs de changement inspirants,
- un cours en ligne, le MOOC *Devenir entrepreneur du changement* co-créé avec HEC Paris, pour découvrir l'innovation sociale et révéler ses talents,
- un programme d'accompagnement *L'Exploration*, et le livre *Activez vos talents, ils peuvent changer le monde !* (Alisio, 2020) pour trouver sa voie et clarifier son projet professionnel,
- des formations, *Le Parcours Entrepreneur,* pour passer de l'idée à l'action et lancer son entreprise sociale ou environnementale,
- des programmes en entreprise avec *Corporate for Change* pour accélérer la transformation des organisations,
- les meilleures ressources pour s'engager dans une carrière à impact sur *My Ticket*,

- une communauté active d'Alumni pour s'entraider et tenir la durée.

Rendez-vous sur www.ticketforchange.org

Nous partageons également la méthode Ticket for Change à d'autres organisations pour qu'elles puissent les répliquer et les adapter sur de nouveaux territoires ou auprès de nouveaux publics.

REMERCIEMENTS

Merci Elisabeth, Danaé, Caroline, Barbara, Milena ainsi que toutes les équipes d'Alisio, pour votre confiance et votre accompagnement.

Merci Adèle, Anne-Maryse, Baptiste, Bernard, Camille, Clément, Guillaume, Hortense B., Hortense F., Hugo, Jean-Baptiste, Jérôme, Jonas, Joséphine, Juliette, Laura, Louise, Marie-Laurence, Patrick, Stanislas, Thibault, Tshin-Ilya, Violette et Yoram pour vos relectures avisées et vos précieux conseils.

Merci Éric et Sophie pour votre soutien et votre engagement sans faille pour la conception et la diffusion de ce manifeste.

Merci à toute l'équipe, à nos partenaires, à nos mentors, à nos bénévoles, à nos formateurs, à nos alumni, de faire partie de la grande aventure Ticket for Change. Vous incarnez et diffusez sur le terrain cette nouvelle vision du travail !

Merci aux acteurs de changement mentionnés dans le manifeste d'avoir accepté de témoigner et de nous inspirer au quotidien.

NOTES

1. « Le gâchis de talents en France », *Étude Occurrence & Ticket for Change*, 2016.
2. Ticket for Change, données 2014-2020.
3. Mesure d'impact Ticket for Change, données 2014-2019.
4. Global Footprint Network.
5. « The Nine Planetary Boundaries », travaux du Stockholm Resilience Center de 2009, réactualisés en 2015.
6. OXFAM, 2018.
7. « A Broken Social Elevator? How to Promote Social Mobility », OCDE, 2018.
8. « 26e Rapport sur l'état du mal-logement en France », Fondation Abbé Pierre, 2021.
9. Ocean Cleanup, 2018.
10. Muséum d'histoire naturelle et Centre national de la recherche scientifique, 2018.
11. Union internationale de conservation de la nature, Office français de la biodiversité et Muséum national d'histoire naturelle, 2021.
12. « Un grand pouvoir implique de grandes responsabilités » ("*With great power comes great responsibility*"), Benjamin Parker dans *Spider-Man*.
13. Les directions départementales des affaires sanitaires et sociales, supprimées en 2010, ont longtemps géré l'aide sociale à l'enfance.
14. « Faire sa part - Pouvoir et responsabilité des individus, des entreprises et de l'État face à l'urgence climatique », Carbone 4, juin 2019.
15. Dans le cadre de la 21e conférence des parties (COP21), les États signataires de l'accord de Paris de 2015 s'engagent à diminuer leurs émissions de gaz à effet de serre afin de limiter l'augmentation des températures de 1,5 à 2 degrés Celsius d'ici 2100.

16. Une organisation anglaise, 80,000 Hours, fait le calcul suivant : 40 ans x 50 semaines x 40 heures par semaine en moyenne = environ 80 000 heures travaillées dans la vie. En France, les données disponibles sont les suivantes : 1 680 heures travaillées en moyenne pour les salariés à temps complet (INSEE et DARES, 2019), multipliées par 34,4 années de durée estimée de la vie active d'un jeune de 15 ans (Eurostat, 2019), soit 57 792 heures. Nous pouvons aussi utiliser les chiffres de service-public.fr : 172 trimestres travaillés sont nécessaires pour obtenir une retraite à taux plein (pour les personnes nées après 1973), le nombre légal d'heures travaillées par mois est de 151,67 pour un contrat à temps plein de 35 heures, ainsi nous obtenons un total de 78 262 heures. Dans son livre *Happiness At Work*, Jessica Pryce-Jones calcule que les travailleurs passent au moins 90 000 heures à travailler dans leur vie, sans compter la charge mentale en dehors des heures de travail. Dans un souci de simplicité et dans une perspective globale, nous choisissons, malgré la difficulté à obtenir des données harmonisées, de retenir le chiffre de 80 000 heures. Dans ce manifeste, nous avons fait le choix de ne pas traiter de la durée de ce temps de travail à l'échelle d'une vie humaine (c'est un autre débat important), mais bien de son utilisation.
17. Les Objectifs du développement durable (ODD), au nombre de dix-sept, définissent les priorités mondiales en matière de développement durable d'ici à 2030. Le but est d'orienter les efforts des gouvernements, des entreprises et de la société civile autour d'objectifs communs.
18. La certification B Corp est une labellisation reconnue au niveau international. Elle certifie des entreprises ayant des engagements portant sur la gouvernance et l'impact de l'entreprise (sur ses collaborateurs, ses clients, sa communauté locale et l'environnement). L'ambition du B Lab, l'organisation derrière le label, est de « faire de l'entreprise un vecteur de transformation positif de la société » et de « redéfinir la réussite économique ». On compte aujourd'hui plus de 2 500 B Corp dans plus de cinquante pays.
19. « Emery Jacquillat, entrepreneur à mission », *La Croix*, 29 septembre 2019.
20. Les talents correspondent à ce que l'on fait très bien, sans effort, en prenant du plaisir. À la différence des compétences, qui ont besoin d'être apprises et ne procurent pas forcément de plaisir dans la pratique, les talents sont des forces naturelles, qui demandent tout de même d'être développées. Chacun a des talents, à nous de les découvrir et de les activer !
21. « Les étudiants face aux enjeux environnementaux – Consultation nationale étudiante 2020 », Réseau français étudiant pour le développement durable (REFEDD), 2020.
22. « L'écologie aux rattrapages », Pour un réveil écologique, 2021.

23. Voir la cartographie des plus de 250 formations à la transition écologique et sociale que nous avons réalisée avec le collectif Grandes Écoles de la transition, en ligne sur https://www.grandesecolestransition.fr/.
24. La coalition Grandes Écoles de la transition rassemble des acteurs de la formation, des réseaux d'entreprises, des organisations étudiantes, des acteurs associatifs, des acteurs publics. Voir le site internet : https://www.grandesecolestransition.fr/.
25. La Grande École du numérique est un réseau de 600 formations dans le secteur du numérique mis en place en France en 2015. Plus de 30 000 apprenants ont été formés depuis sa création.
26. Voir en ligne sur https://pour-un-reveil-ecologique.org.
27. « Talents : ce qu'ils cherchent vraiment dans leur emploi », enquête Ipsos-BCG-CGE, 2020.
28. En ligne sur https://www.europe1.fr/emissions/l-envol.
29. Voir par exemple le travail de Shift Your Job : https://shiftyourjob.org/secteurs.
30. On parle de métiers en tension lorsque l'offre d'emplois est supérieure à la demande, autrement dit quand les entreprises n'arrivent pas à recruter sur des métiers en particulier.
31. L'économie sociale et solidaire (ESS) désigne un ensemble d'entreprises organisées sous forme de coopératives, mutuelles, associations, ou fondations, dont le fonctionnement interne et les activités sont fondés sur un principe de solidarité et d'utilité sociale.
32. Observatoire national de l'ESS, 2019.
33. La responsabilité sociétale des entreprises (RSE) regroupe l'ensemble des pratiques mises en place par les entreprises dans le but de respecter les principes du développement durable (social, environnemental et économique).
34. « La RSE vue par les dirigeants d'entreprise », Ekodev, 2021.
35. Ticket for Change, données 2014-2020.
36. « Emerging Technologies: Impact on Society & Work in 2030 », étude de l'Institute for the Future et Dell Technologies, 2017.
37. Voir l'étude « A Bit Rich: Calculating the Real Value to Society of Different Professions », New Economics Foundation, 2009 : « Nous avons trouvé que le plupart des métiers les plus rémunérés bénéficiaient peu à l'intérêt général, alors que la plupart des métiers peu rémunérés y bénéficiaient beaucoup. »
38. L'Impact Score est un outil basé sur quatre piliers (impact social, impact écologique, partage de la gouvernance, partage des richesses) développé par le Mouvement Impact France, et qui permet d'évaluer les engagements d'une entreprise sur ces différentes dimensions.

39. Loi du 22 mai 2019 relative à la croissance et la transformation des entreprises.
40. « The Rise of the Social Enterprise », *Deloitte Global Human Capital Trends*, 2018.
41. Voir le livre *Le Point de bascule. Comment faire une grande différence avec de très petites choses* de Malcolm Gladwell (Flammarion, 2016) et les travaux de Serge Moscovici.
42. « Objectif zéro plastique à Décathlon Monaco », Monaco Info, sur Youtube.
43. « Les cailloux blancs. Initier des premières actions concrètes », Acts for Change, 12 mars 2020, sur Youtube.
44. Mesure d'impact Ticket for Change, 2017.
45. Vous pouvez par exemple consulter les annuaires d'acteurs de l'accompagnement recensés par l'Avise (www.avise.org) et La Boussole (www.laboussole.io).
46. Rendez-vous sur www.my-ticket.academy.
47. Inspiré par le tour de l'Inde en train de Gandhi en 1915 pour mieux comprendre les besoins de son pays, le Jagriti Yatra, ou « voyage-éveil » en hindi, a pour but de faire découvrir aux jeunes Indiens la réalité de leur pays et de les inspirer à entreprendre pour la société. Chaque année, ce sont 450 jeunes de tous milieux sociaux qui parcourent plus de 8 000 kilomètres en train à la rencontre d'acteurs de changement.
48. Sur www.ticketforchange.org/mouvement, retrouvez des idées et des outils pour devenir ambassadeur.
49. Rendez-vous sur www.my-ticket.academy.

Alisio s'engage pour une édition plus durable :

Cet ouvrage est composé de matériaux issus de forêts gérées durablement certifiées PEFC™.

Le Programme de reconnaissance des certifications forestières (PEFC™) est le plus grand organisme mondial indépendant de contrôle pour une gestion durable des forêts. Pour en savoir plus, consultez le site www.pefc-france.org

PEFC™
10-31-1510

Certifié PEFC

Ce produit est issu de forêts gérées durablement et de sources contrôlées.

pefc-france.org

Achevé d'imprimer en septembre 2021
sur les presses de l'imprimerie Corlet
14110 Condet-en-Normandie
Dépôt légal : octobre 2021
N d°impression : 21080245

Imprimé en France

L'imprimerie Corlet est titulaire de la marque Imprim'Vert®